Eu acho é pouco!

Izabelle Arruda

ilustrações de Joana Lira

escala
educacional

São Paulo • 1ª edição • 2007

© 2007 Izabelle Arruda

Responsabilidade editorial: Duda Albuquerque • **Editora:** Myriam Chinalli • **Gerência comercial:** Fabyana Desidério e Ricardo Abílio da Silva • **Assistência editorial:** Ana Mortara • **Coordenação de arte:** Thaís Ometto

Concepção da coleção: Carmen Lucia Campos e Shirley Souza • **Produção editorial:** Carmim Serviços Editoriais • **Preparação de texto:** Rita Narciso Kawamata • **Revisão:** Tatiana Fulas • **Projeto gráfico e editoração eletrônica:** Shirley Souza

São Paulo • 1ª edição • 2007

Escala Educacional • Av. Professora Ida Kolb, 551 – 3º andar – Casa Verde – São Paulo – CEP 02518-000 • Fone: (11) 3855-2201 Fax: (11) 3855-2189 • www.escalaeducacional.com.br

ISBN 978-85-7666-989-0 (aluno)
ISBN 978-85-7666-990-6 (professor)

A Mauro, que faz meu coração frevar.
A Cecília, minha passista preferida.

Dados Internacionais de Catalogação na Publicação (CIP)
(Câmara Brasileira do Livro, SP, Brasil)

Arruda, Izabelle
   Eu acho é pouco! / Izabelle Arruda ; ilustrações de Joana Lira. -- 1. ed. -- São Paulo : Escala Educacional, 2007. -- (Coleção vamos cirandar pela cultura popular)

ISBN 978-85-7666-989-0 (aluno)
ISBN 978-85-7666-990-6 (professor)

1. Literatura infanto-juvenil I. Lira, Joana. II. Título. III. Série.

07-3248   CDD-028.5

Índices para catálogo sistemático:
1. Literatura infantil 028.5
2. Literatura infanto-juvenil 028.5

Prévias

Adoooooro Carnaval!

As ruas ficam enfeitadas e cheias de gente fantasiada, é música pra tudo que é lado e o povo cai na folia até não agüentar mais. Todo ano, fico aqui em Olinda, e minha mãe faz fantasias para eu brincar.

Só que ano passado deu a maior confusão...

Faltavam quatro dias para começar a festa, e eu já estava toda animada, pensando nas fantasias que usaria. Foi quando meu tio telefonou, dizendo que não ia passar o Carnaval aqui porque minha prima queria conhecer Porto de Galinhas de qualquer jeito. Indignada, buzinei o dia todo no ouvido da minha mãe.

— É lasca! Tio Nelson não pode obrigar a PRIN-CE-SI-NHA dele a ficar, mas EU tenho que viajar...

— Ela tem razão, Rosa. É injusto — concordou meu pai, olhando sobre o jornal.

— Eu sei, Antônio. Mas bem que ela podia deixar passar essa!

Eu? Deixar barato? Imagina!

Como eu não deixei barato mesmo, minha mãe telefonou para meu tio. Mas os dois não conseguiram resolver nada, por isso tive que falar com July, minha prima.

— E aí, Ju?

— Ai, Céci, quero tanto conhecer Porto! Ó: chego aí amanhã. São três dias pra ver Olinda. Quando começar o Carnaval, a gente vai pra praia e fica só no bem-bom.

— Não quero viajar. E tenho certeza de que, se você conhecesse a festa, ia gostar muito.

— Eu não! Já vi pela tevê. Um bando de gente boba pulando feito pipoca. Nem sei como não morre ninguém espremido na multidão!

— É bem diferente ver ao vivo.
— A-hã... Não fico aí de jeito nenhum!
— E eu não vou pra Porto e ponto final — fiquei arretada e devolvi o telefone pra mainha sem nem me despedir.
— Isso são modos? — ela reclamou. E, continuando a conversa com meu tio, disse: — O jeito é resolver entre nós, Nelson. Que tal aproveitar que vocês chegam três dias antes? Viajamos, voltamos e passamos o Carnaval aqui.

Mas meu tio não gostou da idéia. Já tinha combinado de se encontrar com os amigos justamente nesses três dias. Não ia desmarcar só por causa de uma birra de criança. Ficou combinado assim: metade do Carnaval seria em Olinda, metade em Porto. Sábado e domingo aqui. Segunda e terça lá.

Achei justo. Meu tio ia ver os amigos, eu podia cair na folia, e a chata da minha prima ia conhecer Porto.

Tudo certo, voltei a pensar nas fantasias. Afinal, estava em cima da hora! Minha mãe deu a idéia de usar as roupas do outro ano. Mas a única que não estava detonada e ainda servia era a de boneca, justo a que eu achava mais sem graça.

Foi aí que ela se lembrou do baú. Ele era grande, de madeira escura e ficava no pé de sua cama. Sempre achei que ali só tivesse velharia. Que nada! Estava cheio de coisas legais: perucas, chapéus, acessórios e fantasias. Mas tudo para adulto. Mesmo assim, minha mãe continuava procurando não-sei-o-quê.

— Achei! — gritou, empolgada. — Minha roupa de passista de quando tinha sua idade, com sombrinha e tudo! Frevava bem, sabia? Até defendia um clube de frevo aqui de Olinda. E, em Recife, às vezes me apresentava nos palcos. Quer usar, filha?

— Sua roupa? Que legaaaaal! Só que... Não posso. Não sei frevar direito.

— Ai, até parece que nunca se fantasiou... É só uma fantasia!

— Eu sei que não preciso ser passista pra sair de passista. Você já me disse isso um monte de vezes. Mas não vai ficar chateada se eu usar sua roupa sem saber frevar direito?

— Vou ficar orgulhosa, boba! E quer saber? Vou contar uma história pra você tirar essa minhoca de vez da cabeça... Sabe de onde vem a palavra frevo?

Respondi que não e ela continuou:

— Vem de ferver. Mas como o povo só falava "frever", virou frevo. Já reparou como as pessoas começam a pular, na maior empolgação? Parece até que tem água fervente no chão e elas não podem parar de pular, se não queimam os pés.

— Então, "estou frevando" é como "estou fervendo"?

— Isso. Agora diga: você acha que a multidão foliã está preocupada se dança certo? Que nada! Cada um quer é se divertir e frever. Não importa se é fazendo o passo, pulando desengonçado ou seguindo as troças.

— Está bem. Vou de passista. E a Ju, vai de quê?

Como não achamos nada que servisse nela, resolvemos comprar uma roupa de passista pra minha prima.

Mainha até perguntou se eu preferia usar roupa nova também. Eu não! A fantasia antiga dela era linda, exclusiva, estampada e cheia de brilhos.

Quando fomos atrás da roupa para July, compramos também tecido amarelo, perucas pretas e materiais para fazer duas fantasias de abelha para o domingo. Carnaval, pra mim, só tem graça se for com uma fantasia para cada dia!

No outro dia, quando July chegou e me viu, abriu um sorrisão. Mas quando mostrei a roupa de passista e os vestidos de abelha que mainha costurava... Xiiiii! O tempo fechou.

— Coisa besta sair fantasiada!

— Isso é jeito de falar? — reclamou meu tio.

— Ia ser tão legal nós duas de passistas, Ju...

— Sai pra lá. Não vou de passista nem de nada — disse, quase gritando.

— Você devia ter ficado em São Paulo com sua mãe! Por sua causa vou ter que viajar! — gritei.

— Só não fiquei porque ela precisou trabalhar! — gritou de volta.

Por causa da briga, levamos a maior bronca e fomos obrigadas a pedir desculpas uma para a outra. Pior: tive que mostrar Olinda para July! Obedeci, chateada. Ela estava um saco com essa coisa de "não quero isso", "de jeito nenhum aquilo".

No início, foi o maior climão, mas aos poucos a raiva diminuiu e fizemos as pazes. Passeamos pelas ruas enfeitadas, xeretamos o Mercado da Ribeira e os ateliês do Amparo. July amou comer tapioca no Alto da Sé, admirando aquela vista linda da cidade.

Cansadas, depois dessa maratona, voltamos para casa e encontramos minha mãe trabalhando nas fantasias de abelha.

— Que é isso? — perguntou July.
— Armações de arame para as asas.
— Não precisa fazer pra mim.
— Vou fazer, caso mude de idéia. Aliás, vocês podiam me dar uma mãozinha!

July não quis nem saber e, enquanto eu tinha um trabalhão ajudando mainha, a folgada só olhava feio!

E foi assim também na quinta e na sexta: ela passeava e achava Olinda cada vez mais linda. Mas bastava eu falar em Carnaval que ela virava uma fera.

Sábado de Zé Pereira

Sábado cedinho vesti a roupa de minha mãe. No meu rosto, ela fez uma maquiagem colorida, cheia de brilhos. Nos cabelos, pôs tererês de várias cores.

— Que linda! — disse, orgulhosa.

— Ju, não quer mesmo ir de passista? — perguntei.

— Nem de passista nem de nada. Daqui não saio — e ficou parada feito estátua.

Quase implorei, e ela não quis ir de jeito nenhum. Fazer o quê? Fui sozinha e me diverti um monte. Só não pense que desisti assim tão fácil...

À tarde ia sair o bloco "Eu acho é pouco", que desfila com um dragão gigante incrível. Ele anda sempre com a boca aberta, mostrando os dentes, e o corpo é de pano amarelo e vermelho, as cores do bloco. Na cabeça, nas laterais e no rabo, ficam presos alguns cabos, onde os foliões seguram para carregar o bicho. O efeito é legal, porque de longe parece que ele anda sozinho.

Tinha certeza de que minha prima ia adorar ver aquilo... Mas como convencer a peste?

Minha sorte foi que o bloco parou bem na frente da nossa casa, com todos gritando:

"Eu acho é pouco... É bom demais..."

July ficou de boca aberta e, depois de um tempo, disse que ia seguir o bloco.

— É só pra você parar de encher — informou.

Sei... Ela ficou foi encantada com o dragão e até fez questão de ficar embaixo dele. E foi ali mesmo que encontramos Seu Chico Nascimento, meu vizinho. Ele é um grande passista, por isso pedi que mostrasse alguns passos para July.

— Não estou nem aí pro frevo! — acredita que ela falou isso? Ele riu e, sem dar bola, continuou a dançar. A verdade é que ela estava superaí, sim! Não perdia nenhum detalhe de Seu Chico frevando e até começou a imitar alguns passos. Sempre séria, claro. Afinal, só estava ali por causa da prima pentelha (eu, com muito orgulho!).

— Até que você tem ginga, July! — disse ele, piscando pra mim.

Pronto. Ela fechou a cara, parou de dançar e quis ir embora.

Minha prima é a criatura mais teimosa do Universo.

Domingo

July xingou tanto a fantasia de abelha, que tomei abuso dela, enjoei mesmo, e não quis mais usá-la. Domingo de manhã, vesti a roupa de boneca do outro ano. Minha mãe reclamou, mas entendeu.

Como não estava nem um pouco a fim de insistir, fui curta e grossa:

— Vou pro Mercado da Ribeira ver a apresentação de passistas. Se quiser, venha. Pra mim, tanto faz — eu disse para July.

Ela merecia um gelo.

Mas quem me deu um gelo foi ela, que ficou muda e nem me olhou na cara!

Morri de raiva, disfarcei e pedi para mainha fazer uma pintura de boneca no meu rosto. July, sempre muda, olhava curiosa.

Fui para a Ribeira triste, mas a tristeza só durou até a orquestra de frevo começar a tocar e os passistas caírem no passo. É bonito ver como cada um improvisa a própria coreografia e faz acrobacias que não dá nem para acreditar. Também adoro o jeito como usam a sombrinha: jogam de uma mão para outra, passam por baixo das pernas, girando sem parar.

Pena que July não estava vendo...

— Céci, me perdoa? — era ela, que apareceu com uma flor pintada no rosto.

— Oi, filha, sua prima mudou de idéia e vim trazê-la... Nossa! Que lindo! — minha mãe ficou toda empolgada com a apresentação.

Foi quando um passista puxou sua mão e a convidou para dançar bem no meio da roda. No começo, ela estava tímida, mas logo se soltou. E como dançava bem!

— Ufa! Cansei. Estou fora de forma!

— Mainha, vem com a gente acompanhar as troças?

— Carnaval não é mais pra mim...

— Ué! Seu Chico é mais velho que você e brinca!

— Ele é ele, e eu sou eu. Tchauzinho!

Naquele dia, brincamos demais "pulando feito pipoca", como diz July. A sola do meu pé até ficou doendo de tanto dançar.

Só quando chegou a hora de voltar para casa é que fiquei triste.

— Não quero viajar. Logo agora que você começou a se divertir, Ju...

— E se a gente pedir pra ficar? — ela disse, piscando para mim.

— E Porto?

— Fica pra depois. Agora só quero folia!

Mas não pense que foi fácil convencer nossa família. Ficaram todos revoltados, porque, depois daquela briga toda, July mudou de idéia.

— Por favooooooor! — pedia com uma mão colada na outra, como quem reza.

— Está bem — respondeu meu tio, com uma voz de brabo que não me enganou. No fundo ele adorou, pois ficaria mais em Olinda.

Segunda-feira

Segunda finalmente saímos de abelhas. E o abuso pela roupa? Passou assim que July topou ir fantasiada também. No começo, ela ficou envergonhada de sair na rua toda amarela. Mas logo perdeu a vergonha, quando viu meu tio só de sunga e todo pintado de verde.

— Que é isso, pai?
— O incrível Hulk! — respondeu, fazendo pose de fortão. Caímos na risada. É que de forte ele não tem nada...

Já no meio da folia, encontramos meu vizinho de novo.

Eita, folião 24 horas!
— Seu Chico, me ensina um passo? — pediu July toda sem graça, porque achava que ele estava magoado.
— Um só, não. Vários!

Os passos tinham nomes engraçados: dobradiça, tesoura, locomotiva, ferrolho, parafuso... Seu Chico Nascimento explicou que existem pra mais de cem passos, mas que o forte mesmo da dança é a improvisação.

July ficou de boca aberta, pois ele fazia muita acrobacia, dobrava e estirava as pernas bem rápido, ficava na ponta dos pés e às vezes parecia até que ia cair. Será por isso que um dos passos se chama "faz-que-vai-mas-não-vai"? Tentei imitar os passos mais fáceis, mas não levo jeito e dancei desengonçada mesmo. O importante é se divertir, como diz minha mãe.

July é que era danada. Aprendia rápido e estava tão esforçada que Seu Chico deu a própria sombrinha de presente para ela. Ficou toda-toda.

Quando ninguém agüentava mais, voltamos para casa. No caminho, July não tirava os olhos da sombrinha. Até que perguntou:

— Seu Chico, por que os passistas dançam com a sombrinha?

— É que, há muito tempo, quando o frevo nem existia, eram as bandas militares que agitavam as ruas de Recife. A torcida de cada uma, claro, queria que sua banda fizesse mais bonito que a outra. Tanto, que às vezes saía briga entre os rivais. Por isso os capoeiras iam na frente, abrindo caminho na multidão e defendendo os músicos.

— E onde entra a sombrinha? — perguntou July.

— Eita, apressada!... Como a luta era proibida pela polícia, os capoeiras começaram a modificar os golpes, disfarçando de dança. Assim nasceu o passo. Mas ninguém sabe direito qual a ordem das coisas... Se o frevo nasceu primeiro e inspirou o passo ou se foi o passo que inspirou as bandas, dando origem ao frevo. Acho que foi tudo junto, um inspirando o outro.

— E a sombrinha? — desta vez, a apressada fui eu.

— Eles não podiam desfilar com as antigas armas. Aí começaram a usar bengalas e outros objetos, como um guarda-chuva velho, por exemplo. Com o tempo, ele foi virando a sombrinha de hoje: pequena, pra facilitar movimentos e ajudar no equilíbrio. E colorida, pra ficar bonito. Gostaram da história?

Respondi que sim. July ficou calada. Só depois de um tempão, falou, decidida:

— Amanhã vou de passista!

De manhã, a família toda foi para a calçada. Longe, já dava para ver a fila de bonecos gigantes que puxava os foliões.

— Pai, olha! — disse July, fazendo um passo que Seu Chico ensinou.

O nome do passo que ela fez é locomotiva e até parece dança russa. É assim: a pessoa fica agachada com as pernas encolhidas. Num pulinho, estira uma perna pra frente, enquanto a outra continua encolhida. Aí, dá outro pulinho e troca de perna. E assim vai trocando de perna bem rápido, sempre agachada e com a sombrinha na mão direita.

Meu tio ficou todo babão vendo July frevar, vestida de passista.

A essa altura, você deve estar se perguntando qual era a minha fantasia. Dessa vez, improvisei: coloquei peruca preta e várias pulseiras, pintei o rosto com tinta preta e a boca com batom vermelho. Vesti uma roupa toda colorida e...

Virei nega maluca!

No começo, só July e eu dançamos. Mas, aos poucos, vi que minha mãe, igual ao dia lá na Ribeira, começou a se soltar e ficava chamando meu pai e tio Nelson para a folia. Quando vi, a família toda já estava no meio da multidão.

Quarta-feira ingrata

Ó quarta-feira ingrata, chega tão depressa

Quem disse que não se brinca na quarta-feira de cinzas? Pela quantidade de gente nas ruas, nem parecia que o Carnaval chegava ao fim.

Logo de manhã passou uma troça. Era uma pequena multidão que, puxada por uma orquestra, cantava uma música que falava da quarta-feira: como é ingrata, chega rápido e faz a folia acabar.

Da janela, vi alguns foliões que passavam carregando colchões e mochilas. Cantavam junto com a multidão, também reclamando da quarta-feira ingrata. É que alugaram casas para o Carnaval e agora precisavam ir embora.

Deu nó na garganta.
Lembrei que dali a pouco era July quem ia partir.
E não deu outra: logo tio Nelson apareceu com cara de despedida. Fiquei com dó de ver minha prima chorando, com a mala numa mão e a sombrinha na outra.
— Carnaval é bom demais, mas acaba rápido. Achei foi pouco. Queria mais!
— Chora não, July. Ano que vem tem mais — consolei.

E tem mesmo. Um ano passou rápido-rápido e agora já estamos aqui de novo, vestidas de fadas e prontas para a folia. July, claro, com a sombrinha na mão.
Já disse a ela que vai ficar estranho uma fada de sombrinha. Mas é teimosa, não tem jeito...

Eu acho é pouco!

QUERO SABER MAIS

VAMOS FREVAR!!!

100 anos!
A palavra "frevo" foi publicada pela primeira vez em 9 de fevereiro de 1907 no Jornal Pequeno, de Recife. Por isso, em 2007 o frevo completou seu primeiro centenário.

Herói do passo
O nome do personagem "Seu Chico Nascimento" é uma homenagem a Francisco do Nascimento Filho, o Mestre Nascimento do Passo. Afinal, são mais de cinqüenta anos dedicados a fazer e ensinar o passo, mostrando a beleza do frevo para o Brasil e o mundo!

A música
Há três tipos de frevo:
- Frevo-de-rua ou Frevo: todo instrumental, executado principalmente por instrumentos de sopro (clarinetes, trompetes etc.).
- Frevo-canção: possui introdução orquestral e uma parte cantada.
- Frevo-de-bloco: sempre tem letra e é tocado por orquestra de pau e corda (violões, cavaquinhos etc.).

A dança
A dança do frevo, o passo, exige muito equilíbrio, pois é acrobática, cheia de jogos de pernas, saltos e rodopios. E exige criatividade também, já que a coreografia é improvisada, inventada na hora.

Sombrinha

Inseparável do passista, a sombrinha é tão famosa que virou um dos principais símbolos de Pernambuco, estado onde nasceu o frevo.

Vestuário

A roupa dos passistas varia muito em cores, modelos e estampas. Geralmente é composta por uma camisa bem curta, amarrada com um nó na frente. O homem usa calça, que pode bater abaixo do joelho ou acima do tornozelo. Já a mulher, veste minissaia com short por baixo, curto e colado no corpo.

É bom demais

Fundado em 1976, o bloco "Eu acho é pouco" é uma das agremiações carnavalescas mais queridas de Olinda e desfila sempre com seu simpático dragão.

Os clubes

Agremiações carnavalescas com no mínimo cem componentes, os clubes de frevo desfilam pelas ruas com orquestras completas.

Troças

Com menos integrantes e instrumentos que os clubes, as troças só desfilam durante o dia.

Gigantes

O Encontro dos Bonecos Gigantes é uma das principais atrações da folia de Olinda.
O artista plástico Sílvio Botelho confecciona a grande maioria deles, que sempre representam personagens conhecidos na região, como o compositor Capiba. Feitos em papel, isopor, madeira, fibra de vidro e tecido, medem cerca de 3,5 metros de altura e pesam até 30 quilos!

Zé Pereira

Esse era o apelido de um sapateiro português que vivia no Rio de Janeiro. Contam que, no Carnaval de 1846, ele saiu pelas ruas batucando para animar a folia, como já era costume em Portugal. Fez tanto sucesso que no ano seguinte repetiu a farra.
Com o tempo, a batucada de rua virou tradição e até hoje o sábado de Carnaval é chamado de "Sábado de Zé Pereira".

quem é a autora

Essa palhaça aí na foto sou eu! Meu nome é Izabelle Arruda, mas pode me chamar de Bellinha, se quiser.

Nasci em Recife, Pernambuco, em 1976, e desde pequena minha brincadeira preferida é escrever. É muito legal ver uma idéia transformar-se num personagem que, de repente, ganha vida e começa a pular e dançar no meio de uma história.

Assim como a personagem Céci, eu também adooooooro Carnaval. Gosto das cores e da alegria. Gosto de seguir as bandas de frevo, pulando feito pipoca (já que não sei fazer o passo direito!). Gosto, sobretudo, de ver o povo desfilar nas ruas, explodindo em criatividade e amor pelas suas tradições.

E por falar em tradição, todo ano vários blocos e agremiações animam o Carnaval de Recife e Olinda. Uma das minhas agremiações preferidas é o "Eu acho é pouco", que acabou virando o título deste livro. Homenagem mais que merecida, não acha? Mil "vivas" e "urras" a todas as pessoas que, com carinho e dedicação, trabalham para colocar os blocos nas ruas, fazendo a festa das multidões.

Por tudo isso, nem preciso dizer como fiquei feliz em escrever esta história, que virou meu primeiro livro... Espero que você goste!

quem é a ilustradora

Eu sou a Joana Lira, nasci em Recife em 1976 e moro em São Paulo desde 1999.

Morei em Olinda dos sete aos vinte anos. Sempre fui carnavalesca de ter pe<!-- cut -->menos duas fantasias por dia. Adorava me lançar naquelas ladeiras, com o sol quente na cabeça, dançando frevo no meio da multidão. Sabia fazer quas<!-- cut -->todos os passos. Durante muitos anos tive febre antes do sábado de Zé Pereira. A emoção da chegada do Carnaval era grande, e o orgulho de faze<!-- cut -->parte dessa festa, nem se fala.

Acho que já dá para imaginar como foi reviver todas estas emoções, ilustrando este livro, que leva o nome de um bloco muito querido, e traduz exatamente o sentimento de quem ama o Carnaval e não se contenta só co<!-- cut -->quatro dias de folia: Eu acho é pouco!